つかの間の道

宮崎 玲奈

つかの間の道

宮崎　玲奈

◆登場人物

カノコ　マユミのめい
マユミ　カノコのおば
ナノカ　カノコの友人
シノヅカ　近所に住んでいる、マユミの友人
クロダ　新木場にいる男、ミヤビ、タナベの旧友

ミヤビ　タナベと付き合っている
タナベ　ミヤビと付き合っている
ヒサダ　池袋にいる男、クロダに似ている

※ヒサダとクロダは一人の人物が演じることが好ましい。

◆あらすじ

池袋にて、
突然いなくなった親友クロダそっくりの
ヒサダさんに出会うカップル。

新木場にて、
かつてゴミ島と呼ばれた場所、
夢の島に向かう女の子ふたりの遠出。

夫がいなくなって、めいと一緒に暮らしている女、
近所に住むおばさんが出会う小さな出来事。

今いる場所に、かつていた場所が重なっていく、
都市生活者冒険譚。

◆凡例

文末が「、」のものがあるが、セリフが残るようなニュアンスが含まれているものとする。

文末が「。」のものがあるが、セリフが一区切りされているものとして認識されたい。

セリフ途中に現れる○○は存在しているが、いない相手のセリフ。間を保つ。

めまぐるしく変わる場所（たとえば劇場）にて

二つの部屋が平行してある。
お正月が明けたくらいの季節。

マユミ・カノコの部屋には、
テーブル、椅子、毛布、虫かご、がある。
マユミ、テレビを見ている。紅茶を飲んでいる。
カノコ、寝ている。

タナベ・ミヤビの部屋には、
ちゃぶ台、毛布、サボテン、がある。
タナベ、DVDを見ている。コーヒーを飲んでいる。
ちゃぶ台には食べかけの菓子パン。
ミヤビ、寝ている。

二つの空間の人物同士は無関係でありながらも、
行動や仕草が関係しているようにも見える。

以降、場所がめまぐるしく変わっていくが、
部屋のモチーフは残したまま、場所に変化が起こることとする。
場所の境界が徐々にあいまいになっていくことが望ましい。

◆部屋

タナベ　おはよ、
ミヤビ　おはよ、
タナベ　、、、朝じゃないけどね、
ミヤビ　、、、え、何時？
タナベ　ん、（時計をみせる）
ミヤビ　、、、え、うそ、、うわー、、、
タナベ　だって起きないじゃん、
ミヤビ　え、言ってよ、、
タナベ　でも、
ミヤビ　えー、
タナベ　だって、気持ちよさそうだったし、
ミヤビ　えー、
タナベ　気持ちよかったっしょ、昼寝。

ミヤビ　、、何見てたの、
タナベ　パーマネント・バケーション、
ミヤビ　んん、
タナベ　まだ途中だけど、
ミヤビ　そう、
タナベ　なんかさ、
ミヤビ　うん、
タナベ　なんか、クロダに言われたことあって、
ミヤビ　うん、
タナベ　時々わかんなくなったりとか、しちゃうらしいのね、
ミヤビ　なにが？
タナベ　自分がいる場所、いなかった場所のことが、
　　　　時々わかんなくなるのね、
ミヤビ　うん、
タナベ　いなかった場所のことを想像するわけだけど、そこに、

いるような気になってきたりするのね、

ミヤビ　うん、

タナベ　っていうようなことは、多分、伝わらないってこと、わかって言ってるんだけどって、

ミヤビ　そうなんだ、

タナベ　うん、その上で、ついてきてほしいんだけどさって、

ミヤビ　うん、

タナベ　ついてきてくれるだけでいいんだけどさって言われて、池袋、行ったのね、

ミヤビ　うん、

ー

マユミ、カノコの近くにやってくる。

マユミ　何時出てくの？
カノコ　え？
マユミ　ご飯食べる？
カノコ　んん、

マユミ、キッチンから食べ物を取り出してくる。

ー

ミヤビ　（天井の方をさして）なんだと思う、
タナベ　え、
ミヤビ　これ、
タナベ　え？
ミヤビ　ん、（天井の方をさして）
タナベ　えー、じゃあ、、ネズミとか？

ミヤビ　ネズミ？
タナベ　そう、ネズミ、
ミヤビ　うん、
タナベ　なに、
ミヤビ　え、
タナベ　なに、
ミヤビ　え、
タナベ　いや不満あんの、
ミヤビ　いや、
タナベ　ネズミに不満あんの、
ミヤビ　いやないけど。
タナベ　ん？（コーヒーいる？のニュアンス）
ミヤビ　いい、

ミヤビ、毛布から起きる。

ミヤビ　、、でも、結構大きくない？
タナベ　え、、
ミヤビ　うるさい、
タナベ　そう？
ミヤビ　うん、
タナベ　、でも、ネズミも結構うるさいって聞くよ、
ミヤビ　え、
タナベ　結構うるさいし、でかいんじゃないの、
ミヤビ　なにそれ、
タナベ　パワーとかあるさ、
ミヤビ　え、
タナベ　パワー、
ミヤビ　はぁ、
タナベ　、でかいネズミとかかもよ、
ミヤビ　え、

タナベ　すごいパワーある、
ミヤビ　なにそれ、
タナベ　底知れない、
ミヤビ　いや、
タナベ　パワー、
ミヤビ　でもネズじゃない、
タナベ　これが、
ミヤビ　そう、
タナベ　そっか、
ミヤビ　これ、
タナベ　うん、
ミヤビ　もう、
タナベ　え、
ミヤビ　もうネズミじゃない。
タナベ　じゃあなんなの、

ミヤビ　んー、なんだろ、あー、あれとか、
タナベ　なに、
ミヤビ　あれ、
タナベ　あれって、
ミヤビ　あれだよ、あれ。
タナベ　だからなに、
ミヤビ　あれ、
タナベ　なに、
ミヤビ　あれ、、、
タナベ　あれってなに、
ミヤビ　、、、あれ、ハクビシン、
タナベ　、、、ハクビシン？
ミヤビ　そう、
タナベ　え、大きすぎない？
ミヤビ　そう？

タナベ　え、だって、あの、たぬきみたいなやつでしょ、
ミヤビ　そう、
タナベ　いや、だって、たぬきじゃん。
ミヤビ　いや、
タナベ　大きすぎるでしょ、だって、こんな、こんなでしょ。
ミヤビ　でも、そんくらいしてるよ、音、
タナベ　いやいや。いやさ、ハクビシンいたら逆にこわいでしょ、こんなさ、逆にいたらさ、こんなだよ、こんな、
ミヤビ　うん、
タナベ　ほら（手で大きさを示す）無理だわー、、
ミヤビ　、でも、もしかしたら、いるかもしれないじゃん、そういう生き物が。タナベくんさ、もし、いたらどうする？　そういう、よくわかんない生き物、目には見えないけど、音だけしてる生き物がさ、いたらどうする？

マユミ、カノコの近くにやってくる。

マユミ　お昼だよ、

カノコ　え、うそ、

マユミ　起こしてんじゃん、

カノコ　えー、うそ、、

マユミ　食べる?

カノコ　、食べる、、そっち行く、(支度をはじめる。毛布をしまう)

マユミ　冷めちゃうよ、

カノコ　うん、

ミヤビ　いや、びっくりさせないでよ、
タナベ　ごめん、
ミヤビ　なに？
タナベ　でも、三人だねもう、
ミヤビ　え、
タナベ　ここ、
ミヤビ　、二人と一匹だけどね、
タナベ　でも三匹みたいなもんなのかもね、人間も生きもんでしょ、
ミヤビ　そうだね、
タナベ　うん、
ミヤビ　、でも、こんな感じなのかな、
タナベ　なに、
ミヤビ　ん？
タナベ　え？
ミヤビ　んんん、なんでもない、

一

マユミ、カノコ、テレビを見ながら昼ごはんを食べている。

マユミ　そろそろさ、
カノコ　うん、
マユミ　買い換えない？
カノコ　え、
マユミ　テレビ、
カノコ　見れてる、
マユミ　乱れる、
カノコ　そうなんだ、
マユミ　時々？
カノコ　そっか、
マユミ　うん、時々。

カノコ　なくてもいいかも、
マユミ　え、
カノコ　見ないかも、
マユミ　そっか、
カノコ　うん、、テレビ見ない、
マユミ　そっか、
カノコ　うん、
マユミ　、見てるけどね（笑う）
カノコ　そっか、
マユミ　うん。　でも結構前のだし、
カノコ　そうなんだ、
マユミ　ずっとあるやつ、
カノコ　ふーん、
マユミ　前から使ってたやつだから、
カノコ　そっか、

マユミ　うん、、だから、換えようかなと、
カノコ　そっか、
マユミ　そう、
カノコ　、でもいいと思う。マユミちゃんが換えたいならそれで、
マユミ　そっか、
カノコ　うん、、わたしは見ないけど、
マユミ　そっか、
カノコ　うん。

—

タナベ、台所からパンを持ってくる。

タナベ　食べる？
ミヤビ　うん、

タナベ　はい、（パンを渡す）

ー

マユミ　ねぇ、
カノコ　ん？
マユミ　なんないね、いもむしがさなぎに
カノコ　うん、
マユミ　なるんじゃないの、
カノコ　なんないよ。
マユミ　なんで、
カノコ　なんないもん、
マユミ　そうなの、
カノコ　うん、
マユミ　そういうやつなの？

カノコ　うん、
マユミ　、、普通だとなるでしょ、
カノコ　そうなの？
マユミ　うん、さなぎ、
カノコ　そうかな、
マユミ　冬だよ、
カノコ　そっか、
マユミ　うん。　いたでしょ山に、
カノコ　行かないもん山、
マユミ　そっか、
カノコ　山すぎて、　わざわざ
マユミ　そっか、
カノコ　うん、いかない。
マユミ　連絡あったよ、、　姉ちゃんから、
カノコ　え？

マユミ　今度いつ帰ってくんのって、

ー

ミヤビ　枯れてないよね、
タナベ　ん、
ミヤビ　サボテン、
タナベ　ああ、多少枯れても大丈夫でしょ、
ミヤビ　そんなこと言わないでよ、
タナベ　砂漠でも枯れないんだから、
ミヤビ　枯れるでしょ、だって植物じゃん、水やっといて、
タナベ　はいはい、

タナベ、サボテンに水をやりに行く。

―

カノコ　ごちそうさまー、じゃ、いってきまーす、

マユミ　いってらっしゃーい、

―

タナベ　、どっか行く?

ミヤビ　え?

タナベ　でも、お腹すいた、

ミヤビ　食べてんじゃん、

タナベ　でもこれだけだし、

ミヤビ　そう、

タナベ　どこ行く?

ミヤビ　えー、じゃあ、プラネタリウム行こ、

タナベ　うん、
ミヤビ　まだ行ったことないでしょ、
タナベ　そうね、
ミヤビ　池袋、
タナベ　まだやってんの？
ミヤビ　調べる（携帯を見ている）

ー

◆電車

カノコ、電車にのっている。
ナノカ、別の電車にのっている。
カノコ、マユミと携帯で連絡をとっている。

マユミ　電車、遅れてない？
カノコ　特にー、小田急は、地下鉄も、
マユミ　そっかー、
カノコ　でも吹雪だってね北海道、
マユミ　え、そうなの、
カノコ　うん、今映像、ニュース、流れてる、

ー

ミヤビ　3時のなら、、ギリ間に合うかも、
タナベ　そっか、
ミヤビ　うん
タナベ　じゃあ行こ、
ミヤビ　うん、

ミヤビ、タナベ、外出の準備をはじめる。

―

カノコ　なんか思い出したんだけど、昔、小学校の頃、
　　　　北海道の子が交流事業でうちに泊まっていってさ、
マユミ　うん、
カノコ　それで、その子と10年くらいずっと文通してたのね、
マユミ　そうなんだ、
カノコ　うん、なんかそれで、今吹雪の映像見ててさ、
マユミ　うん、
カノコ　わたし、そこにいたことあるなぁって、そんな風に思ったんだよね、
マユミ　え？
カノコ　北海道、行ったこともないのに、
マユミ　そうなの？

カノコ　うん、そう、、、そういうこと、最近増えてるんだよね、
マユミ　そうなんだ、
カノコ　うん、もうすぐ着くわ、
マユミ　そっかー、気をつけてー、
カノコ　はーい、

ー

◆新木場の道

カノコ、ナノカ、電話している。
ナノカは電車にいたまま。

カノコ　どこいるー、
ナノカ　もうすぐ新木場、

カノコ　そかそかわかったー、
ナノカ　うん、ごめん、遅延してて、
カノコ　大丈夫、

ナノカ、電車を降りる。

ナノカ　ごめん、遅くなって、
カノコ　いや、あんま待ってないい待ってない、
ナノカ　いこいこー、
カノコ　うん、
ナノカ　いこー！
カノコ　いこー！

カノコ、ナノカ、クロダ、〈新木場〉を歩いている。

―
タナベ、ＤＶＤをまた観る。
ミヤビ、準備をしている。
―

カノコ　一年ぶり？
ナノカ　そうかも、でも、なにげに？
カノコ　だってどっちかが会うって言わないと会わないじゃん、
ナノカ　そっか、
カノコ　就職は？
ナノカ　決まったよ、
カノコ　え、どこ、
ナノカ　出版というか、印刷、

カノコ　じゃ、忙しくなるんだね。
ナノカ　というかそっちはどうなの、
カノコ　いや、、、
ナノカ　え、
カノコ　いや、決まりそうなんだけど、、
ナノカ　そうやってさ、
カノコ　でも大丈夫、
ナノカ　ほんとに？
カノコ　うん。
ナノカ　家、引っ越すの、
カノコ　多分、、まだわかんないけど、
ナノカ　そっか、
カノコ　マユミちゃんひとりだしね、
ナノカ　ああ。コンビニ行っていい？
カノコ　うん、

―

タナベ　ねえ、
ミヤビ　なに、
タナベ　あれ、
ミヤビ　え、え、なに、
タナベ　え、だから、あれ、、そっちのバスタオルでしょ、落ちてるの、
ミヤビ　え、拾ってきてよ、
タナベ　え、だってそっちのじゃん、
ミヤビ　バスタオルにそっちもこっちもないでしょ、
タナベ　いや、おれ使ってないし、それ、
ミヤビ　準備終わってるんだからいいじゃん取ってきてくれてもさ、
タナベ　はいはい、

タナベ、バスタオルを取りにいく。

ー

クロダ、新木場の道に登場。

ー

ナノカ　あの人タイプでしょ（クロダを見ながら）

カノコ　やめてよ、

ナノカ　どこ行くんだろうね、

カノコ　、バイトとか？

ナノカ　そうなの？

カノコ　いや、なんとなく、

ナノカ　気になるの？

カノコ　そういうのじゃないって。
住んでる人いるのかなって、ここ、新木場

タナベ　はい、（ミヤビにバスタオルを渡す）
ミヤビ　ありがと、

ー

ー

◆コンビニ

クロダ、コンビニに入る。

ナノカ　ねぇ、
カノコ　え、
ナノカ　あの人、
カノコ　ん？

ナノカ　コンビニいったよ、
カノコ　いいって、
ナノカ　行くよー、
カノコ　ねぇ、

ー

ミヤビ　なんか風つよいよ、今日、
タナベ　そうなの、
ミヤビ　埼京線大丈夫かな、
タナベ　え、そんなに？
ミヤビ　うん、、、（調べてから）あ、でもちょっと遅れてるけど、大丈夫そう、
タナベ　ああ、

ー

ナノカ、先にコンビニへ。カノコ、遅れてコンビニへ。

ー

シノヅカ、マユミの部屋にやってくる。

シノヅカ　すみませーん、
マユミ　はーい、、
シノヅカ　すみません、急に、
マユミ　いえいえ、、、よかったらあがってください、、寒いですし、
シノヅカ　いや、これ渡しに来ただけだから、
マユミ　すみません、いつも、
シノヅカ　ひとりじゃ食べ切れないだけなんだけど、
マユミ　いえいえ全然、
マユミ　ほんとに大丈夫ですか、

シノヅカ　うん、お気になさらずー、
マユミ　ちょっと、

―　**クロダ、コンビニで立ち読みをしている。**
カノコ、ナノカ、クロダを観察している。

―　**マユミ、袋を持ってくる。**

シノヅカ　ありがと、
マユミ　送られてきたあまりですけど、
シノヅカ　うれしい、、え、みかん？

マユミ　はい、
シノヅカ　えー、
マユミ　実家から送られてくるんです、大量に、、
シノヅカ　ありがとー、、
マユミ　家だけだと食べ切れなくて、、、あと、旅行、
シノヅカ　あー、
マユミ　あがってきません？
シノヅカ　あー、
マユミ　ここだとなんですし、
シノヅカ　あー、でも三時から町内会、
マユミ　あ、じゃあ、
シノヅカ　、でもまだ時間あるから、
マユミ　じゃあ、お茶だけでも、
マユミ　どうぞ
シノヅカ　お邪魔します、

マユミ　はい、

ー

ミヤビ　準備できた、
タナベ　もう行ける？
ミヤビ　うん、鍵持った？
タナベ　うん、もった、

ー

マユミ、シノヅカ、部屋の中へ。

マユミ　これ、、、（虫かごをだす）
シノヅカ　そうそう、

マユミ　なんかリビング置いとくってなって、
シノヅカ　なんかちょっと目立つね、
マユミ　まぁちょっと。
シノヅカ　でもさ、
マユミ　え、
シノヅカ　あっという間だね、
マユミ　ああ、
シノヅカ　カノちゃん、
マユミ　そうですか？
シノヅカ　うん、モトヒロさんいなくなって、カノちゃん来て、
マユミ　ああ、
シノヅカ　カノちゃん来て楽しかったけど、もうすぐ卒業でしょ、
マユミ　まぁ、
シノヅカ　いないのにも慣れてかないとね、
マユミ　そういうもんなんですかね、、

シノヅカ　うん、
マユミ　　…、ティー、
シノヅカ　え、
マユミ　　あのいくつかあるんですけど、
シノヅカ　え？
マユミ　　なにがいいですか、ティー、
シノヅカ　え、
マユミ　　ティー、
シノヅカ　ん、なに、
マユミ　　ティー、なんですけど、、
シノヅカ　あ、うん。
マユミ　　コーヒーよりティー派で家《うち》、
シノヅカ　ああ、
マユミ　　そういう、
シノヅカ　そういう、ティー、

マユミ　はい、茶。カモミールとミントと、あと普通のとあるんですけど、
シノヅカ　ああ、
マユミ　日本的なのも一応あるんですけど、ほうじとかこぶとか、
シノヅカ　あー、、おまかせで、
マユミ　はーい、(お茶の準備をする)

ー

◆駅のホーム

ミヤビ、タナベ、駅のホーム。

ミヤビ　やっぱ遅れてるって、
タナベ　来ないね、
ミヤビ　もうちょい待つ？

タナベ　うん、

ー

ナノカ　ね、

カノコ　ん？

ナノカ　ヤンマガ派じゃん、

カノコ　もういいって、

ナノカ　これさ、外からも見えるね、

カノコ　なにそれ、

ナノカ　なんか食べよ、

カノコ　うん、

ナノカ、カノコ、コンビニの外へ。

マユミ　なんか色々考えたんですけど、温泉とかいいんじゃないかと、

シノヅカ　あ、温泉、

マユミ　熱海とか探したらプランであって、

シノヅカ　えー、よさそう、

マユミ　そんな高い訳でもなさそうだし、MOA美術館とかもあって、

シノヅカ　美術館あるんだ、

マユミ　はい、山の上に、

シノヅカ　へー、

マユミ　文化遺産の屏風、結構貴重なのとか、

シノヅカ　やっぱ詳しいね、

マユミ　夫と行ったことあって、

シノヅカ　よさそう、

マユミ　じゃあそうしますか、

シノヅカ　うん、でもほんとにいいの？
マユミ　え、
シノヅカ　なんか近所のおばさんと旅行とか嫌じゃない？
マユミ　全然、、ていうか、むしろ楽しみ、
シノヅカ　そう？
マユミ　はい、旅行とか全然してなかったし、
シノヅカ　ああ、
マユミ　友達も子どもできたりでなかなか、
シノヅカ　じゃあよかった、
マユミ　はい、

―

タナベ　待合いく？
ミヤビ　行こ、寒い、、

タナベ　はいはい、

――

◆コンビニの外

カノコ、ナノカ、一つのおでんをコンビニの外で食べている。

ナノカ　なんで新木場、
カノコ　一回来てみたかったんだよね、
ナノカ　へー、
カノコ　昔調べたことあって、
ナノカ　そうなんだ、
カノコ　ていうか、実家帰った？
ナノカ　うん、

カノコ　わたし帰んなかったんだよね、今年、
ナノカ　マユミちゃんと？
カノコ　そう。
ナノカ　へー、
カノコ　でも、お雑煮とか食べたよ、
ナノカ　いいね、
カノコ　うん、シノヅカさんも一緒に、
ナノカ　ああ、シノヅカさん、
カノコ　そそ、

―

シノヅカ　最近ヨガはじめたんだけど、
マユミ　え、ヨガですか、
シノヅカ　そうヨガ、

マユミ　へー、
シノヅカ　血流とかよくなんだって、肩こりにもいいって、
マユミ　多趣味ですね、ほんと、
シノヅカ　ちょっとやってみる？
マユミ　えー、

マユミ、シノヅカ、ヨガをしている。

―

◆駅のホームの待合室

ミヤビ、タナベ、ホームの待合室。

タナベ　タオルさー、

ミヤビ　なに、
タナベ　そんまま置いといたら、化石とかになっちゃってたのかな、
ミヤビ　え、
タナベ　いや、だから、化石とかになるんじゃないかって、
　そういう可能性も否定できない訳でしょ、
ミヤビ　いや、ないでしょ、、
タナベ　いや、だから誰にも気づかれないまま、化石なるのかなって、
ミヤビ　ないよ、
タナベ　、、でも、あるかもしれないでしょ、
ミヤビ　ないよ、
タナベ　いや、ロマンの話だよ、ロマンの、これはさ、
ミヤビ　はいはい、
タナベ　死んだけど、気づかれなかった猫の化石とかもあんのかな、
ミヤビ　やめてよ、そういうの、、
タナベ　あ、電車来た、、

ミヤビ　ねぇ、

◆電車

タナベ、ミヤビ、電車に乗る。

―

マユミ　結構ききますね、
シノヅカ　気持ちいいでしょ、
マユミ　はい、ちょっと汗かいちゃった、
シノヅカ　効くのよこれが、
マユミ　へー、

―

ナノカ　え、あのさ、
カノコ　うん、
ナノカ　なに一番すき？
カノコ　え、
ナノカ　食べ物、、、あーやっぱお正月の、お正月しばり、、
カノコ　え、なんだろ、
ナノカ　、、せーのね、
カノコ　え、ちょ待って、え、
ナノカ　待つ待つ、
カノコ　えー、、決まった？
ナノカ　決まってるから、
カノコ　えー、、、、
ナノカ　じゃあ、せーの、
カノコ　だてまき、
ナノカ　たつくり。えー、ないよー、

カノコ　いやいや、
ナノカ　ふわふわした甘いのがいいとか言うんでしょ、
カノコ　うん、
ナノカ　いやー、
カノコ　ていうかさ、たつくりってなに？
ナノカ　え、
カノコ　え、
ナノカ　え、
カノコ　え、
ナノカ　なに、
カノコ　え、
ナノカ　知らないの？
カノコ　うん、
ナノカ　マジかー、
カノコ　うん、っていうか、たつくりって、なに？

ナノカ　損してる、損、
カノコ　え、だからなに、
ナノカ　なんか甘いじゃこみたいなの。
カノコ　へー、
ナノカ　うちのばあちゃんのがうまい、
カノコ　そうなんだ、
ナノカ　うん、
カノコ　ばあちゃん生きてるんだ、
ナノカ　うん、
カノコ　なんかわかんないんだよね、
ナノカ　なに、
カノコ　おふくろの味みたいなのって、
ナノカ　どういうこと、
カノコ　おいしいのはわかるって感じで、お母さんのなになにがいい、みたいなの、わかんないんだよねー、だから味全部同じ、

ナノカ　そうなんだ、
カノコ　うん、全部同じ、
ナノカ　そっかー、
カノコ　だからコンビニのも、お母さんのも、マユミちゃんのも、味、全部
　　　　同じなんだよね、
ナノカ　おいしいけどね、コンビニも。
カノコ　好きな味もわかんないって、なんなんだろうね、
ナノカ　ほら、(食べているものをさして)
カノコ　うん、

ー

ミヤビ　ねね、
タナベ　え、
ミヤビ　ね、

タナベ　なに、

ミヤビ　ね、、ほら、吊揚げ、

タナベ　ちょ、待って、

ミヤビ　だから、ん、（電車の景色をさす）

タナベ　え、どこ、、

ミヤビ　ほら、終わったー、、

タナベ　え、

ミヤビ　終了ー、、

タナベ　え、うそでしょ、

ミヤビ　もう、あっちなって、見えないね、こっからじゃ、

タナベ　え、うそでしょ、、

ミヤビ　言ってたじゃん、ずっと、

タナベ　もうちょっと早く言ってくれてもさ、

ミヤビ　言ってたじゃん、、

タナベ　いや、絶対、こう、電車さしかかってから言ったじゃん、

ミヤビ　なにそれ、、　もういいよ、　いい、

カノコ　もう行かない？
ナノカ　え、
カノコ　なんも起こんないしさ、
ナノカ　なんか笑ってるけど、

カノコ、ナノカ、フフフと笑うクロダを見ている。
クロダと目が合ってしまう。

ナノカ　ねぇ、（しゃがんで）
カノコ　え、
ナノカ　やば、

カノコ、ナノカ、逃げる。
クロダ、二人を気にしながらも、立ち読みを続けている。

—

シノヅカ　あれ、手前のアパート、
マユミ　はい、
シノヅカ　あの、
マユミ　青い、
シノヅカ　そう、
マユミ　あれ、
シノヅカ　30年だって
マユミ　えー、
シノヅカ　マユミちゃん来たのが、、
マユミ　2010年、

シノヅカ　そんな前かー、、
でもなんでこんな東京のはずれみたいなとこにしたの、
マユミ　夫と選んだんですよね、
シノヅカ　へー、
マユミ　川ある街がいいねって言って、
シノヅカ　ああ、
マユミ　で、しばらくしてカノちゃん、
シノヅカ　ていうか、うちのアパートも最近入れ替わり激しくて、
マユミ　へー、
シノヅカ　内見増えてて、
マユミ　じゃあ忙しいんですね、
シノヅカ　まぁ、でも安いからかもね、
マユミ　え、
シノヅカ　この辺、
マユミ　たしかに、

シノヅカ　田舎だし、結構見にくるんだよね、生田、
マユミ　そうなんですね、
シノヅカ　意外と多いよ、
マユミ　そうなんだ、
シノヅカ　うん、

ー

◆夢の島植物園までの道

ナノカ逃走、カノコ後をついていく。

カノコ　ほんとろくなことないじゃん、
ナノカ　おでん出そう、
カノコ　やめてよ、

ナノカ　ちょっとタンマ、
カノコ　うん、

―

◆池袋の道

ミヤビ、タナベ、いつのまにか池袋の道にいる。

ミヤビ　こっちだっけ、
タナベ　そう、サンシャイン通り、
ミヤビ　案内してよ、
タナベ　え？
ミヤビ　だってよく遊び行ってたんでしょ、
タナベ　でもそん時はクロダについてっただけだったから、

ミヤビ　いいじゃん、わかるでしょ、
タナベ　はいはい、、ちょっと、コンビニいい？
ミヤビ　待ってる、
タナベ　うん、
ミヤビ　早く、

タナベ、コンビニへ行く。

—

◆夢の島植物園

カノコ、ナノカ、夢の島植物園にいる。

ナノカ　ここ?行きたいって言ってた、

カノコ　そう、植物園、
ナノカ　結構広いね、
カノコ　うん、
ナノカ　相変わらず、植物とか、虫とか、好きだもんね、
カノコ　まぁ、

カノコ、ナノカ、券売機の前にいる。

カノコ　あ、いいのに、
ナノカ　いいいい、
カノコ　ごめんおっきいのしかないや、
ナノカ　いいいい、
カノコ　ありがとう、
ナノカ　はーい、

カノコ、ナノカ、パンフレットを手に取る。
カノコ、ナノカの荷物をもってあげる。

ナノカ　ああ、ありがと、
カノコ　はい、（パンフレットを渡す）

ー

◆コンビニ

ヒサダ（先程まではクロダ）がいる。

○○　お会計780円です
タナベ　、あ、はい、
○○　ありがとうございましたー、

タナベ　はい、どうも

タナベ、ヒサダを気にしている。

―

カノコ、ナノカ、パンフレットや入り口の案内を見ている。

ナノカ　見頃の花とかあるんだね、

カノコ　うん、シアターもあるみたい、

ナノカ　へー、

カノコ　時間ちょっと先だけど、

ナノカ　先温室、行こうよ、

カノコ　ああ、うん、

カノコ、ナノカ、温室の方へと向かっている。

―

マユミ　今日風つよいですね、びゅうびゅう言ってるし、
シノヅカ　マユミちゃんって時々ここではないどこかみたいな表情するよね、
マユミ　え、
シノヅカ　ここではないどこかにいるみたいな、
マユミ　なんですか、それ、
シノヅカ　何考えてるのかなー、って。
マユミ　えー、
シノヅカ　思い出したりする時、ここじゃないどこかーって顔しない？
マユミ　そういうの自分じゃわかんないっていうか、
シノヅカ　たしかにね、
マユミ　はい、

ー

ヒサダ　、、なんかついてます？
タナベ　いや、、、
ヒサダ　はい、
タナベ　いや、、、
ヒサダ　え、、、はぁ、、、
タナベ　あの、
ヒサダ　はい、
タナベ　あの、
ヒサダ　はい
タナベ　あの、
ヒサダ　はい、
タナベ　名字、
ヒサダ　え？

タナベ　名字、
ヒサダ　はい、
タナベ　、クロダ、とかじゃないですよね、
ヒサダ　ああ、、違います。
タナベ　、なんかすみません、
ヒサダ　はい。
タナベ　突然変なこと聞いてすみません、
ヒサダ　あー、、ヒサダ、です、はい。
タナベ　そうなんですね、
ヒサダ　はい、

ー

シノヅカ　、、じゃあそろそろ、またなんかあったら、
マユミ　はい、、気をつけて。

シノヅカ、去る。

―

カノコ、ナノカ、温室の中にいる。

ナノカ　みごろの花①だって、。
カノコ　うん、
ナノカ　オドントネマ・ストリクツム・・・？
カノコ　え、
ナノカ　オドントネマ・ストリクツム！　言えてるでしょ、
カノコ　うん、
ナノカ　まだやってたんだ、
カノコ　うん、
ナノカ　続いてるの珍しいっていうか、

カノコ　そうかなぁ、
ナノカ　うん、だってあんま続いてることってないでしょ、
カノコ　まぁそうだけど、
ナノカ　いいじゃん、
カノコ　うん、、写真撮ってるとなんか、こんなもの見てたんだなって、後から自分を知ってく感じ、あるっていうか、
ナノカ　、ああ、
カノコ　後から、自分が、あ、ここにいたんだなぁって、思える、っていうか、
ナノカ　そんなことある?
カノコ　うん、ある、
ナノカ　なんか、マイペースは変わんないね、
カノコ　え、
ナノカ　だってカノちゃん遅いもん、
カノコ　なにそれ、

ナノカ　自分では気づいてないところが結構やばい、
カノコ　え、
ナノカ　時間かけてわかってく感じあるでしょ、
カノコ　そうかなー、
ナノカ　他人事なんだよなー、

カノコ、写真を撮る。

ナノカ　今撮ったっしょ？
カノコ　うん、
ナノカ　ねー、
カノコ　今どんな顔してたかって、ナノさんからは、
　　　　見えてないってことだよ、
ナノカ　え、なんかずるい、
カノコ　見てる方が、見たいって思った部分切り取って、見てるから、

撮られたら残るけど、撮られなかったら残らないんだよね、

ー

タナベ、財布を落としてしまう。

タナベ　あ、やります、自分で、
ヒサダ　いや、

タナベ、ヒサダ、一緒にお金を拾っている。

タナベ　すみません、
〇〇　ありがとうございましたー、
タナベ　はい、どうも

タナベ、コンビニの外に向かう。
ヒサダ、タナベが落としたお金に気づく。

ー

ナノカ　ウナズキヒメフヨウ、、　ちがうねー、、
カノコ　そう、

ー

◆池袋の道

ミヤビ　遅い、
タナベ　ごめん、
ミヤビ　なにやってたの、

タナベ　いや、
ヒサダ　これ、（落とした100円を渡す）
タナベ　ああ、
タナベ　どうも、
ヒサダ　はい、
ミヤビ　え、クロダくん？
ヒサダ　え、
ミヤビ　なんでここにいんの？
ヒサダ　いやー、
タナベ　いや違うって、
ミヤビ　え、
ヒサダ　あ、
タナベ　なんか
ヒサダ　あ、
タナベ　なんかすみません、

ヒサダ　いや、

タナベ　こう何度も、

ヒサダ　ああ、、いや、全然、

ミヤビ　え、クロダくんでしょ、

タナベ　違うんだって、

ヒサダ　ヒサダです。

ミヤビ　え、なんか双子？

タナベ　いや名字違うから、

ヒサダ　え、そんな似てますか、僕、

ミヤビ　ああ、もう、すごく、、しばらく会ってなくて、

ヒサダ　ああ、

ミヤビ　失踪、、みたいな、

タナベ　ねぇ、

ヒサダ　ああ、そうなんですね、

ミヤビ　だから、すごくびっくりっていうか、

ヒサダ　ああ、
ミヤビ　ねぇ、タナベくん、
タナベ　もういいって、
ヒサダ　あ、なんか、
タナベ　え、
ヒサダ　やりましょうか、僕。あの、そういうことにしていただいていいので、全然、
タナベ　、、え？
ヒサダ　クロダでしたっけ、
ミヤビ　、、うん、
ヒサダ　あの、そういう自分、クロダってことにしていただいていいので、全然、はい、
タナベ　え、
ヒサダ　はい、
タナベ　、、え、どうしよ、変な人かも、、ねぇ、、

ミヤビ　え、いいじゃん、
タナベ　嘘でしょ？
ミヤビ　だって会いたがってたじゃん、
タナベ　そうだけどさ、
ヒサダ　あの僕、今日暇なんで全然、、人の話聞くのとか好きだし、、
タナベ　え、
ミヤビ　じゃあ、、、プラネタリウム、サンシャインの、今から、、
ヒサダ　ああ、
タナベ　嘘でしょ、
ミヤビ　いいじゃん、だって暇だって言ってるんだし、
タナベ　でもどうすんの、なんかあったら、
ミヤビ　、、大丈夫、
タナベ　じゃないよ、、、ねぇ、
ミヤビ　場所わかります？
タナベ　ねぇ、

ミヤビ　だってクロダくん池袋詳しかったじゃん、
タナベ　そうだけどさ、
ミヤビ　よく二人で遊んでたでしょ？
ヒサダ　あ、僕も一応、、一応池袋詳しいかも、、
ミヤビ　じゃあ、クロダくん、
ヒサダ　あ、はい、、こっちです、
タナベ　ねぇ、

ヒサダ、ミヤビ、タナベ、サンシャインへ向かう。

―

ナノカ、撮られたい場所を探している。

カノコ　ここ？

ナノカ　うん、ここ。アマゾンっぽいし、いいっしょ？
カノコ　うん、アマゾンだから、
ナノカ　うん、
カノコ　長くなるんだって、根、
ナノカ　ほんとだ、
カノコ　長いね、
ナノカ　うん、
カノコ　結構長い、

―

ヒサダ　ここまっすぐ、
ミヤビ　さすがやっぱ詳しいね。
タナベ　なんか、この辺よく案内してもらったんですけど、
ヒサダ　へー、

タナベ　サンシャインとか映画館とか、
ミヤビ　そういえば映画も好きだったよね、
ヒサダ　あ、映画も自分結構好きかも、
ミヤビ　あ、やっぱり、
タナベ　あ、なんか結構一緒観に行ってたっていうか、
　　　　ジャームッシュとか、
ヒサダ　あ、パーマネント・バケーション、
タナベ　あ、そう、
ヒサダ　好きなやつ、
タナベ　そうなんだ、
ミヤビ　すごいじゃん、
ヒサダ　はい、ジャームッシュだと一番、
ミヤビ　前三人で観たやつだっけ、クロダくん持ってきて、
タナベ　そうそう、
ミヤビ　一番好きな映画って言ってたやつ、

タナベ　ほんと映画みたいに、いなくなっちゃったけど、
ヒサダ　そんなことってあるんですね、
タナベ　そう。
ミヤビ　プラネタリウムも好きだって、
タナベ　星、詳しかった、あと、植物？
ヒサダ　自分は植物はそんなですけど、でも、星は少しなら、、

ー

カノコ　いい？
ナノカ　うん、

カノコ、写真を撮る。

ナノカ　、、シパシパするね、

カノコ　そう？

ナノカ　うん、ちょっとね、ちょっと、、

　　　　でも、これ、なんで伸びるんだろうね、

カノコ　湿気？

ナノカ　でも結構じゃない、

カノコ　まぁ、、、あ、書いてある。

ナノカ　どこ？

カノコ　一旦陸上で適応したのに、水中に戻ってくるんだって、

ナノカ　へー、

カノコ　水の中でも暮らせるからだって、

　　　　で、陸にいた名残で、花とか、葉っぱとか残ってるんだって、

ナノカ　そうなんだ、、、え、なにしてるの、

カノコ　いや、なんかさ、植物になれないかな、、、

ナノカ　え、

カノコ　なりたくない？

ナノカ　そう？
カノコ　ことばとか関係なく、生きられないのかな、
ナノカ　ああ、、

◆道

―

シノヅカ、ダンボールを持って現れる。
いったん、道に置いて、中身を確認するなど。

―

◆プラネタリウム

ミヤビ、タナベ、ヒサダ、いつのまにかプラネタリウムにいる。
時折、指さしたりしている。

ミヤビ　オリオン座、
タナベ　それはわかるわ、ねぇ、
ヒサダ　まぁ、、
ミヤビ　ウミヘビ座、、
タナベ　え、、
ミヤビ　こぐま座、北斗七星、、
ヒサダ　おうし座、
ミヤビ　さすが、くわしかったもんね、
ヒサダ　ちょっとだけ、

―

ナノカ　くぐる？
カノコ　え？
ナノカ　スコールじゃんスコール、
カノコ　滝じゃなくて？
ナノカ　あ、滝か、、、え、スコールってなんだっけ、
カノコ　なんか夕立みたいなことでしょ、
ナノカ　ちゃんと知りたいんだけど、

カノコ、ナノカ、滝をくぐる。

ナノカ　くぐるよー。はい、今、くぐりますよー。はい、

ー

◆過去のプラネタリウム

タナベ、クロダ、プラネタリウムを見ている。
ミヤビ、プラネタリウムにいる二人を見ている。

タナベ　オリオン座、
クロダ　それはわかるわ、ねぇ、
タナベ　まぁ、、
クロダ　ウミヘビ座、、
タナベ　え、、
クロダ　こぐま座、北斗七星、、、
タナベ　さすが、
クロダ　ベテルギウス、シリウス、プロキオンで、大三角、、
ミヤビ　よくキャンプも行ってたもんね、二人、
タナベ　ああ、うん、
ミヤビ　写真よく送ってきてた、

だんだん、現在のプラネタリウムの時間に戻る。

ミヤビ　コーヒー飲まない？
タナベ　いいよ、
ミヤビ　なんか喉かわいちゃった、
タナベ　うん、

—

シノヅカ　マユミちゃーん、
マユミ　はーい、、
シノヅカ　どうしよ、
マユミ　え、
シノヅカ　これ、
マユミ　猫？　ていうか大丈夫ですか、

シノヅカ　道にいたんだけど、なんかそのままにしとくのもって、
マユミ　とりあえず中、
シノヅカ　一応生きてはいるんだけど、
マユミ　はい、

マユミ、部屋にタオルを取りに行く。

マユミ　これ、
シノヅカ　ありがと、
マユミ　大丈夫ですか、
シノヅカ　うん、一応二匹とも動いてる、
マユミ　あれだったら、動物病院とか、
シノヅカ　でも、ちょっと様子みてから、
マユミ　ああ、

ー

ナノカ　父島、、

カノコ　え、

ナノカ　東京都だからか多いね、父島

カノコ　うん、

ナノカ　あと小笠原諸島、

カノコ　たしかに、

ナノカ　ムニンセンニンソウ、、、ムニンアオガンビ、、、

カノコ　人いなくても育つんだもんね、植物は、

ナノカ　ああ、

カノコ　なんか、人よりも、植物とか、毎日見える景色とか、
そういう、人がいないものの方に安心できるっていうか、

ナノカ　え？

カノコ　人がいないものの方が自分に近いような気がする、みたいな、

ナノカ　なにそれ、、、行くよ、
カノコ　うん、

カノコ、ナノカ、温室を出る。

ー

◆コーヒーショップ

タナベ、ミヤビ、コーヒーを飲んでいる。

タナベ　ねぇ、
ミヤビ　え？
タナベ　なんでこうなっちゃったの、
ミヤビ　いやだってすごい似てるんだもん、

タナベ　でもクロダじゃないよ。ヒサダさん、もうちょっとしっかりしてるっていうか。
ミヤビ　そう？
タナベ　うん、そんなお人好しじゃないっていうか、
ミヤビ　でもよかったじゃん会えて。
タナベ　だからクロダじゃないけどね、
ミヤビ　なんでいなくなっちゃったんだろうね、
タナベ　わかんないけど、

―

ナノカ　なに、サボテン？
カノコ　かぼちゃも売ってる、
ナノカ　ちょっと先行ってて、
カノコ　ああ、うん。そこ、看板とこいる、

ナノカ　はいはいー、

◆植物園の自販機

クロダがいる。お金が自販機の隙間に入っている。
ナノカ、飲み物を買いにやってくる。

ナノカ　大丈夫ですか、
クロダ　あ、すみません、先に、、

ナノカ、飲み物を買おうとして、

ナノカ　、ていうか、手伝いますよ、
クロダ　え、いや、
ナノカ　これ、（携帯のライトをつける）

クロダ　、、ああ、

ナノカ　見えます？

クロダ　すみません、、

ー

シノヅカ　まだ目、開いてないみたいね、あったかいほうがいいよね、

マユミ　たぶん、はい。お湯とか全然使っていいんで、

シノヅカ　でもちょっとずつ落ち着いてる、

ー

ナノカ　あ、、そこ、右側、、いや、ちょっと、、あ、、そこ！

お金が取れる。

クロダ　すみません、ほんと、

ナノカ　よかったです、、

クロダ　ていうか、好きなのをおごります、

ナノカ　あ、いや、

クロダ　いや、どうぞ

ナノカ　すみません、、

クロダ、ナノカ、飲み物を飲んでいる。

ナノカ　、、中、結構いいですよね、なんか滝とかもあって、

クロダ　あ、滝、、

ナノカ　はい、

クロダ　海、、温室越しに見えて、

ナノカ　あ、海、、

クロダ　はい、、

ナノカ　なんかわたしも、実家海あったとこで、
クロダ　そうなんですね、
ナノカ　はい。
クロダ　、、夢の、島、、
ナノカ　え、
クロダ　いや、
ナノカ　え、
クロダ　いや、昔、
ナノカ　ああ、
クロダ　夢の島、、ゴミ島って、言われてたらしいですよ、、
ナノカ　、、へー、
クロダ　東京中のゴミがここに来てたとか、、来てなかったとか、、
ナノカ　、、そうなんですねー、
クロダ　なんかわかんないですけど、1万年後には、この地面の下に埋まってるゴミも、化石に、なってくんでしょうねー、、

ナノカ　ああ、なるほど、、

クロダ　船、、、第五福竜丸の展示とかも、この島にあって、なんか、そういう、流れ着いてくる場所なのかなって、

ナノカ　へー、、

クロダ　なんかそういうの考えるの好きっていうか、

ナノカ　ああ、でも友達と来たんですけど、友達、そういう、自分のいる場所わかんないみたいなこと言ってて、ここ来たのそういうのもあったのかなって、今話聞いてて、

クロダ　ああ、

ナノカ　はい、なんか、似てるのかもしれないですね、

クロダ　ああ、

ナノカ　すみません、なんか、

クロダ　いやいや、、、なんか自分も昔、いっしょ遊んでた友達いたから、でも、そういう、ここ一緒行こ、みたいなこと、もうないなって、

ナノカ　、すみません、なんか長々と、

クロダ　いや、全然、
ナノカ　じゃあ、
クロダ　じゃ、

――

マユミ　ほんと小さいんですね、猫の赤ちゃんとか初めてで、わたし、
シノヅカ　小さい頃、飼ってたんだよね、猫。みーちゃんって名前、シロに黒いブチの。すごい太ってて、
マユミ　へー、写真とか残ってないんですか、
シノヅカ　いやどうだろ、でも、死んだ時、庭に埋めたんだよね。なんか小さい頃だったから、すごい泣いたのは、覚えてるんだけど、
マユミ　庭って、今の？
シノヅカ　そうそう、うちの。ていうか、今、久々にみーちゃんのこと思い出したわ。

カノコ、ナノカ、施設表示の前にいる。
カノコ、ボタンを押す。

カノコ　壊れてるね、
ナノカ　うん。ていうか、なんかさっき、あの人にあったよ、
カノコ　あの人？
ナノカ　そう、あの人、
カノコ　コンビニの？
ナノカ　そう、でも、なんかちょっと似てたよ、カノちゃんと、
カノコ　え、、

クロダ、自販機からコーヒーショップに移動するとヒサダになる。

ミヤビ　そういえば、よくギャップ着てたよね、

ヒサダ　ああ、

ミヤビ　うん、着てた、

タナベ　なんか服装とかもあんま気使わない感じっていうか、

ミヤビ　旅人みたいな、、

ヒサダ　へー、、いつからいないんですか、クロダさん、

タナベ　連絡取れなくなるみたいなことは時々あったんだけど、

でももう2年？

ミヤビ　そんな経ったっけ、

タナベ　うん、ボリビア行って帰ってきてからだから、

ちょうどそんくらい？

ミヤビ　じゃあ、池袋二人で行ってたってのも、そん時だっけ、

タナベ　そうそう、

ヒサダ　サンシャインと隣の公園行きたいって急に言ってきて、
タナベ　あ、東池袋中央公園、
ミヤビ　さすが、
ヒサダ　わざわざ行きたいってなる場所じゃないですよね、、
自分もわざわざは行かないっていうか、
どうして池袋でもそこだったんですかね、
タナベ　わかんないけど、
ミヤビ　でもタナベさ、
タナベ　え？
ミヤビ　クロダくん、池袋のこと調べてるとかって言ってなかった？
タナベ　そうだっけ、
ミヤビ　うん、言ってたよ、タナベが、
タナベ　そうだっけ、
ミヤビ　気になった街のこととかよく調べてなかった？

タナベ　ついてきてって言われて呼ばれたら行ってただけだったから、そんなよく覚えてないけど、
ヒサダ　どんな街だったんですかね、クロダさんにとって、池袋って、
タナベ　ああ、

ー

ナノカ　カノちゃんさ、どうして土地のこと調べるの好きなの、
カノコ　え？
ナノカ　会うってなるの大体一年とかで、どっちかが言い出して会うってなるけどさ、いつも行ったことない場所、行きたがるでしょ、
カノコ　まぁ、
ナノカ　さっき、あの人が夢の島のこと言ってたから、
カノコ　そうなの？
ナノカ　うん、ゴミの島のこととか言ってた、

カノコ　そうなんだ、、

ナノカ　うん、だからなんとなく、気になったのかなって、そういう歴史みたいなこと?

カノコ　うん、、でも、ここはじめ飛行場になる予定が、海水浴場なって、ゴミ島なって、次、オリンピックの競技場なろうとしてるのね、

ナノカ　へー、

カノコ　だから、自分が今住んでる場所とは全然違うっていうか、

ナノカ　うん、

カノコ　ここに今いるのも、ほんと一瞬でしょ、

ナノカ　うん、

カノコ　どんどん変わってってるこの場所のことが気になるっていうか、この場所に今いる自分と、例えば、海水浴してた人ってもしかしたら、同じなのかなって、思ったりする訳、

ナノカ　、、あのさ、えんとつ見れるかな、

カノコ　え、

ナノカ　焼却場、
カノコ　どうかな、
ナノカ　だって向こう岸でしょ、
カノコ　うん、
ナノカ　屋上とかあるのかな、
カノコ　え、
ナノカ　屋上とか行ったら見れるのかな、けむり、
カノコ　あってもだめでしょ、
ナノカ　バレなきゃ大丈夫でしょ、
だって、海とか見たいんじゃない？
カノコ　だけど、だめだよ、、　え、待って、、、

ー　**ナノカ、カノコの順に屋上を探している。**

◆過去の東池袋中央公園

クロダ　ここ、
タナベ　ああ、なんか、もみの木多いね、
クロダ　たしかに、、もみの木公園じゃん、
タナベ　え、なにそれ、

ミヤビ、クロダとタナベを見ている。

クロダ　これ、お土産です、
タナベ　ありがとう、
クロダ　はい、
タナベ　キューバ？
クロダ　そう、サンタクララ、
タナベ　え、いいなー、

クロダ　市場とかもあって、、ハバナからだと結構かかって、
タナベ　、、ゲバラ、
クロダ　そう、やっと霊廟《れいびょう》に、
タナベ　えー、
クロダ　まぁ、、
タナベ　うん、言ってた、
クロダ　そう、、
　　　　でも、なんかそれ違うなぁって後から気づいたっていうか、
タナベ　え？
クロダ　なんか興ざめしてしまって、
タナベ　えー、
クロダ　うん、
タナベ　でもどうして、
クロダ　いやー、、だから、次は、南米に行けたらなぁと、、
タナベ　また、

クロダ　お金溜まったら、ボリビアとか行けたらなぁと、
タナベ　えー、いいですね、
クロダ　はい、
タナベ　、じゃぁ、
クロダ　、ああ、
タナベ　これ、ありがとう、
クロダ　うん、

◆東池袋中央公園

ミヤビ、ヒサダ、タナベ、東池袋中央公園にいる。

ミヤビ　ここ?
タナベ　そう、もみの木多いの覚えてた、
ヒサダ　ああ、

タナベ　もみの木公園って呼んでたかも、
ヒサダ　そうなんですね、
タナベ　うん、

―

マユミ　大丈夫そうですね
シノヅカ　うん、だいぶ。しばらく様子見でいいかもね、
マユミ　はい、、
シノヅカ　あったかくはしてるし、大丈夫だとは思うけど、
マユミ　はい、

―

カノコ　暗くない？

ナノカ　大丈夫だって、
カノコ　ほんと?
ナノカ　うん、こっち、
カノコ　結構長いけど、
ナノカ　早く、
カノコ　待って、、ねぇ、、、

◆屋上

ナノカ　あそこ、あそこまだけむり出てるよ、
カノコ　ああ、
ナノカ　ほら、あそこ、
カノコ　うん、

ー

シノヅカ　ついつい昔の出来事と、今の出来事を重ねちゃうんだよね、

マユミ　どういうことですか？

シノヅカ　みーちゃんと、この猫がつながってるみたいに思うっていうか。ぜんぜん違うことでも、つながってるんじゃないかって思っちゃうっていうか、

マユミ　なんかわかります、その気持は。

シノヅカ　え？

マユミ　夫いなくなってから、カノちゃん来たとき、なんかちょっと二人で住んでた時のこと思い出しちゃったりとか。今も、ここにシノヅカさんといると、カノちゃん出てった後は、こんな風に過ごしてくのかなとか想像したりするっていうか、

シノヅカ　ああ、

マユミ　これからもおんなじ仕事して、なんとなく過ごしてくんだろうなとか、旅行とかも行くのかなとか、なるべく変わらないこととか、楽しいこと考えようって、

　　　　だから、全然寂しいとかそういうことじゃなくて今は一人でいるこ
　　　　とも、
シノヅカ　うん、
マユミ　前ほど、こわくないのかも、
　　　　まぁ、でもやっぱ慣れないのかもしれないですけどね、すぐには、

—

カノコ　海、
ナノカ　うん、
カノコ　ずっと見てると、ここに来たことがある気がしてくるっていうかさ、
ナノカ　え、
カノコ　来たこともないのに、
　　　　なんかここに来たことがあるような気がしてこない？
ナノカ　え、

カノコ　ずっと前の、自分じゃなかった自分が、
　今こっから海を見てるような気になってくるのね、
ナノカ　そうなんだ、
カノコ　うん、
ナノカ　でも、なんかカメラみたいだね、それ、
カノコ　え、
ナノカ　カメラのレンズ、さっき話してた、
カノコ　ああ、
ナノカ　自分が見てたはずの景色と、映ってる景色が違うように見えてくる
　って言ってたやつ、
カノコ　うん、、なんか、マユミちゃんと住んでたのも、
　ほんとは私じゃなかったのかなぁ、
ナノカ　え、
カノコ　モトヒロさんの幽霊とか、、だったのかな、
ナノカ　え、なにそれ、

カノコ　いや、わかんないけど、
ほんとは、全然違う人だったりとかしたのかなって、
ナノカ　なにそれ、
カノコ　ここじゃない場所でなにかを見てる自分とかもいるのかなぁ、
ナノカ　ああ、

―

ヒサダ　何見てたんですかね、
ミヤビ　え、
ヒサダ　ここから何見てたのかなって、
タナベ　ああ、わかんないですけどね、
ヒサダ　いや、なんか、自分そんな全然不幸とかじゃないし、親とかも普通に優しくて、会社とかも普通にいい人ばっかだし、でも、なんか普通に暮らしてても不安なるっていうか、

タナベ　うん、
ヒサダ　クロダさんになることなんてできないけど、なんか、三人いる時とか、こんな感じだったのかなとか、
ミヤビ　ああ、
ヒサダ　なんか全然自分とは違った人なんだなって逆に思いながら、今、クロダさんが見てた景色を見てるのかなって、
タナベ　ああ、
ヒサダ　だから、全然クロダさんじゃないんですけど、
ミヤビ　いや、でもなんか、クロダくんのこと思い出したっていうか、
ヒサダ　え、
ミヤビ　クロダくんじゃないかもしんないけど、思えてた部分もあったっていうか、
タナベ　ああ、
ミヤビ　なんかそういえば二人こんな感じだったなとか、三人だとこんなだったなとか、

ヒサダ　ああ、
タナベ　なんか、
ヒサダ　え、
タナベ　なんかここ、もうちょっといません？
ヒサダ　ああ、
タナベ　もうちょっとだけいいですか、
ヒサダ　はい、

―

ナノカ　なんか、夢の島ってさいかにも古びそうな名前じゃない？
カノコ　夢の島、、、
ナノカ　夢の、島、、
カノコ　うん、
ナノカ　地元に希望の丘公園っていうのがあって、そこ思い出してさ、、

カノコ　さっき話聞いてて、
ナノカ　うん、
　　　　はじめは高台公園だったのに、名前変わっちゃってさ、
　　　　ぜんぜん良くないでしょ、、
カノコ　ああ、
ナノカ　夢の島と名前の感じ、なんか似てるなって、
カノコ　うん、
ナノカ　高台公園からも海見えたんだけど、
　　　　こっちは東京の海って感じで全然違うんだけど、
カノコ　そうなんだ、
ナノカ　うん、
カノコ　もうちょっと見てていい？
ナノカ　うん、いいよ、
カノコ　ありがと、
　—

シノヅカ　、　わたし一旦帰ろうかな、

マユミ　はい、

シノヅカ　いったん、家帰るね、

マユミ　ああ、

シノヅカ　明日来るのでもいい？

マユミ　あ、全然、

シノヅカ　多分もう大丈夫だとは、思うんだけど、

マユミ　はい、じゃあ、なんかあったら、連絡、

シノヅカ　明日決めるのでもいいかな、猫

マユミ　はい、

シノヅカ　旅行のことも、

マユミ　明日でいいんじゃないですか、

シノヅカ　うん、

マユミ　はい、

シノヅカ　じゃあ、

マユミ　じゃあ、

ー

◆電車

ミヤビ、タナベいつのまにか電車にいる。

ミヤビ　ねね、
タナベ　え、
ミヤビ　ね、
タナベ　なに、
ミヤビ　ね、、ほら、
タナベ　ちょ、待って、
ミヤビ　だから、ん、

ミヤビ、指をさす。

タナベ　え、どこ、
ミヤビ　ほら、
タナベ　え、、、どこ
ミヤビ　だから、あっち、あっち、
タナベ　え、、、
ミヤビ　はい。終わったー、、
タナベ　え、
ミヤビ　終了ー、、
タナベ　え、うそでしょ、
ミヤビ　もう、あっちなって、見えないね、こっからじゃ、
タナベ　え、うそでしょ、
ミヤビ　言ってたじゃん、ずっと、

タナベ　もうちょっと早く言ってくれてもさ、
ミヤビ　言ってたじゃん、
タナベ　いや、絶対、こう、電車さしかかってから言ったじゃん、
ミヤビ　なにそれ、
タナベ　いやさ、海もうすぐ見えるってわかってるのに
　　　　もうすぐじゃない時に言ったでしょ、さっき、、
ミヤビ　なにそれ、
タナベ　もうすぎ、ぐらいに言ったでしょっていう、
ミヤビ　は？
タナベ　だから、もうすぎ、、もうすぎたぐらいに言ったでしょっていう、
ミヤビ　なにその言い訳、
タナベ　だから、もうちょっと早く言ってくれてもいいじゃん、
　　　　わかってるんだったらさ、
ミヤビ　そうやって、ゲームばっかしてるからいけないんじゃん、
タナベ　もういいよ、

ミヤビ　、、でも、今日なんかたのしかったな。
タナベ　ね、
ミヤビ　うん、

—

カノコ　あそこ、見える？
ナノカ　え？
カノコ　あそこ、電車、
ナノカ　ああ、うん、
カノコ　そう、
ナノカ　うん、
カノコ　あの人たちから見える景色って、どんななんだろね、、
　　　　多分今、同じようなこと思ってたりするんだろうな、
ナノカ　なにそれ、

カノコ　わたしたちさ、来年もこんな風にしてるのかな、
ナノカ　どうだろね、、
カノコ　うん、

―

◆現在か過去か未来かわからない時間
いるかどうかわからないクロダを含む部屋

ミヤビ　また観るの?
タナベ　うん、
ミヤビ　まぁいいけど、

クロダ、いつの間にかいる。

クロダ　え、観なよ。
タナベ　パーマネント・バケーション？
ミヤビ　どういうの、
クロダ　一番好き、
ミヤビ　なにそれ、
タナベ　放浪するやつでしょ、
クロダ　そう、
タナベ　とどまれない男の話、
クロダ　母親を探すのがいいんだよね、
タナベ　まぁわかるけど、、
　　　　おれはもっとエモくて王道がいいな、ウディ・アレンとか、
クロダ　そっか、
タナベ　うん、
ミヤビ　今からみるから、
タナベ　はじまる、

クロダ、いつの間にかいなくなる。

ミヤビ　サボテン、

タナベ　ああ、やっとく水、

ミヤビ　ありがと、

タナベ　うん、

ミヤビ　ネズミ、

タナベ　ああ、

ミヤビ　やっぱネズミじゃないかな、これ、

タナベ　え、そうかな、

ミヤビ　うん、ネズミ、

タナベ　いやぁ、

—

◆部屋

マユミ　テレビ、
カノコ　見れてる、
マユミ　乱れる、
カノコ　そうなんだ、
マユミ　時々？
カノコ　そっか、
マユミ　うん、時々。
カノコ　もういらないかも、
マユミ　え、
カノコ　テレビ、
マユミ　そうなの、
カノコ　うん、もういらないかも、
マユミ　そっか、

カノコ　うん、
カノコ　これ、
マユミ　ああ、
カノコ　うん、
マユミ　やっぱなんないね、
カノコ　うん、なんない、

演劇的営みたちへ

こんにちは、作者の宮崎です。あとがきまで読んでくださってありがとうございます。あとがきを読んでいる方もありがとうございます。先にあとがきを読んでいて、脚本を書いて演出をしています。普段は、演劇の作品を作っていて、脚本を書いて演出をしています。演劇の世界では脚本を戯曲と呼びます。なのでこの本は戯曲集ということになります。

戯曲は上演のために書かれる「上演台本」が多く、『つかの間の道』も2020年1月に俳優さんやスタッフさんの力を借りながら劇場で上演されました。「ギキョク」なんて耳なじみがないなぁという感じかもしれません。戯曲を読む人は演劇の作り手だけでしょうか、戯曲は演劇として上演されるためだけにあるのでしょうか。もっとさまざまな戯曲のあり方があっていいのではないかと思って、本という形にしたいと思いました。

『つかの間の道』のセリフたちは全て日常生活の言葉から作られています。部屋の大切な植物の隣に置いてあって朝起きた時、電車の中で窓の景色を見ながら、喫茶店でコーヒーを飲みながら、この本のページと、手にとった人との日常が繋がっていくような溶けていくような瞬間があれば、それは上演の状態で、あなたは演劇をしています。

演劇ってもっと簡単でいいと思うのです。いろんな場所にこの本を持っていって、たくさんヨレヨレにしてください。人の手に渡っていくこともあるかもしれません。読むことは上演することになっているのではないかと24歳のわたしは思っています。読むこと、どこかにいるかもしれない誰かを想像している瞬間こそ演劇的な営みです。

作者　宮﨑玲奈

本となった演劇、あいだにある物語

この本は、本来声として発せられる言葉が、文字となり本になったもの。本はくりかえし読むことができるけれど、演劇は、その時、その場でしか見ることができない。自分でしおりを挟むこともできない。見えるかたちで残りづらい演劇が、本となって残っていくこと。それは、その瞬間にのみ存在する演劇を見ること、とはまた違った意味や魅力があるように思います。

宮﨑玲奈さんの物語は、存在と不在、そのあいだに光をあててくれます。何かがあること、あったこと、あったはずのこと、見えないけれど感じること。何かが無いこと。無かったこと、無くなったこと、あったけれど忘れてしまったこと。区別しがたい、あいまいな存在と不在が、そのあいだには沢山ある。宮﨑さんのやさしく、たしかな光は、そのあいだをわたしに感じさせ、同時に、わたしを励ましてくれます。これから先、わたしは多くのものに出会い、いろんなことを感じて、そして忘れていくでしょう。歳を重ねて、それが繰り返されていくとき、この物語はますます熱を帯びていくのではないでしょうか。

いつか、この物語に出会ったことを忘れてしまったとしても、からだのどこか、見えないところに物語は潜んでいて、知らないうちに、しずかに、わたしの見る景色を彩ってくれているような気がする。そのことが、わたしにはとても頼もしいのです。

さりげなく　熊谷麻那

宮崎玲奈　戯曲集「つかの間の道」

二〇二一年三月一日　発行

作　者　宮崎玲奈

装　丁　古本実加

編　集　稲垣佳乃子
　　　　熊谷麻那

発行所　さりげなく
　　　　京都府京都市左京区下鴨北
　　　　茶ノ木町二五の三　花辺内
　　　　電話　〇七〇－五〇四二－八八九六

印刷製本　藤原印刷株式会社

ISBN978-4-9911129-4-2